U0116266

稀奇古怪国

曾维惠 著

海峡出版发行集团 | 福建教育出版社
THE STRAITS PUBLISHING & DISTRIBUTING GROUP

　　曾维惠，笔名雯君、紫藤萝瀑布，著名儿童文学作家，中国作家协会会员，鲁迅文学院第十九届中青年作家高研班学员，重庆文学院首届签约作家，重庆市作家协会全委会委员，重庆江津区作家协会副主席。出版著作 100 余本，发表作品 2000 余篇（首），先后在 20 余家报刊开设过作品专栏。

　　作品获 2014 年和 2015 年冰心儿童图书奖、重庆市第三届巴蜀青年文学奖、第四届和第五届重庆文学奖、台湾"中小学生优良课外读物"推荐奖、台湾"好书大家读"推荐奖等奖项。个人曾获"教育部关工委优秀辅导员"、"江津十大杰出青年"、"江津十佳育人女园丁"、"江津十佳青年岗位能手"等荣誉称号。

　　博客：紫藤童话花园 http://blog.sina.com.cn/zengweihui

　　微博：a 紫藤萝瀑布 http://weibo.com/zengweihuitonghua

目 录

第一篇　帽子王国

皮卡丁当帽子王

"整天都是ABC、三角形、不等式……真够累的，要是能到什么地方旅行旅行，该有多好啊！"皮卡丁打着哈欠。

"嘻嘻……"

咦，哪儿来的声音？皮卡丁感到非常奇怪。

"嘻！我在你的头上！"

"我头上只有一顶瓜皮帽！"

"对，我就是你头上的瓜皮帽。我从帽子王国里溜出来玩，前几天被你买了回来！"

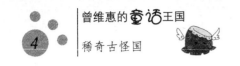

"这个世界上还有帽子王国？"皮卡丁惊讶得说不出话来。

"别傻气了，你不是很想去旅行吗？我带你去我们帽子王国，那里有许许多多的帽子兄弟，可好玩了。"瓜皮帽说得那么有趣。

皮卡丁犹豫了。"可是，可是……"

"可是什么？还有啊，我可以推荐你去当国王呢！"

皮卡丁一听可以当国王，乐了："真的？那我去，一定去。可是，帽子王国在哪里呢？"

"这个嘛，你现在睡一觉就知道了。"话音未落，皮卡丁已经睡着了。

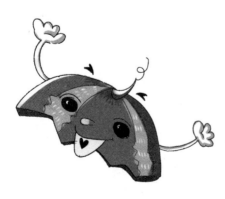

"阿嚏！"皮卡丁醒了。哇！怎么了？屋顶上、墙上、桌子上、椅子上、地上……红的、绿的、大的、小的、方的、圆的，全是帽子！

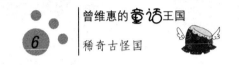

皮卡丁感到非常惊奇。"嗨，帽子兄弟们！我们的客人醒来了。"这是瓜皮帽在喊。

果真到了帽子王国！好多帽子围着皮卡丁说着、笑着。"弟兄们，我们的第九千九百九十九任国王已光荣退位，现在，我瓜皮帽以丞相的身份，推荐皮卡丁任我们帽子王国第一万任国王，好不好？"

"好！好！好！"全体通过。

"现在，我正式宣布：皮卡丁任帽子王国第一万任国王！"

不过，奇怪的事还在后面呢！

瓜皮帽立大功

"大王，魔国来了一个小魔鬼，说要拜见您。"

原来，魔国的国王听说帽子王国来了个叫"人"的东西，还当了国王，猜测"人"肯定是很高贵的东西。于是，他吩咐部下："去把那个帽子王国里的国王——叫'人'的东西给我请来，不得伤他半根毫毛，我要他心甘情愿地来给我当奴仆。"于是，小魔鬼就来到了帽子王国。

"魔王派你来，有何贵干？"别看皮大王威风

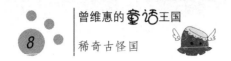

极了，其实，他心里害怕着呢！他所读过的故事书上都说魔鬼是会吃人的！

"尊敬的大王，我们魔王派我来请您去做客。"

"要是我不去呢？"皮大王当然不敢去。

"那我出三道题，如果在座的有人能答对，您就可以不去。如果答错了一道题，您自然知道该怎么办。"小魔鬼转动着狡猾的眼珠。

"好吧！"皮大王只好硬着头皮答应了。

"请大王听第一题：3个小孩吃3块饼要用3分钟，30个小孩吃30块饼需要多少分钟？"

皮大王一算：3个人需要3分钟，30个人不就需要30分钟吗？他正想回答，身旁的瓜皮帽抢先一步："还是3分钟。因为1个小孩吃1块饼要3分钟，30个小孩吃30块饼，也就是平均1个小孩吃1块饼，所以还是需要3分钟。"

回答正确。

"第二题：一个有虫子的苹果，当你咬开它后，

看到有多少虫子时，心里最担心？"魔鬼真会出题啊！皮大王迫不及待地说："当然是虫子越多……"他还没说完，瓜皮帽又抢了过去："魔兄，我们大王刚才只是笑话一句，我来回答：当看到有半条虫子时，心里最担心，因为那说明有半条虫子已经吃到嘴里了。"皮大王一听，才明白自己刚才的想法是大错特错了。

魔鬼转动着眼珠子：看来，这第三道一定要再难点了。

"最后一题要求在三秒钟内回答。请大王听题：芝麻狐家中共有三兄弟，大的叫大芝麻，二的叫中芝麻，那小的叫什么？一、二……"

"小的叫芝麻狐。"魔鬼还没数出"三"，瓜皮帽就回答了。

"好险，要是我，

非说叫小芝麻不可。"皮大王吓得出了一身冷汗。

"既然这样，我回去禀报我们大王再说。"小魔鬼说完就走了。

"瓜皮帽，你是怎么知道这些答案的？"

"哎呀，我的皮大王，这些题全是你的《风车转转转》上的，你放着不看，我可看了不少！"

是啊，皮卡丁以前不认真学习，他真后悔！

红帽子逃跑了

"哪个小坏蛋摔我的跟斗？给我站出来！"皮大王怎么这么生气？

原来，皮大王一早起来坐他的王椅，一坐下去，椅子就歪倒了，他重重地摔了一跤，这可不得了了！

"怎么都成哑巴了？是谁干的好事！"大王发火了。

瓜皮帽只好上前："报告大王，红帽子他……他逃跑了！"

"去你的，红帽子逃跑关我摔跤什么事？别胡扯！"嘿！皮大王还不知道帽子王国里的许多怪事呢！

"大王，我是说，你椅子的一条腿——红帽子，逃跑了。"瓜皮帽解释说。

"什么？椅腿儿？红帽子？"皮卡丁仔细一看，果然不假，整个椅子都是由帽子组成的。再仔细一看，房子、桌子、床……也都是由帽子组成的。

红帽子逃到哪里去了呢？

看你还歪不歪

"红帽子为什么逃跑？给我堂堂一个国王当椅腿，还不满足吗？瓜皮帽，我任命你为追捕队队长，把红帽子给我追回来。"

瓜皮帽带着帽子刀、帽子枪、帽子弹、帽子警犬和一些帽子弟兄，开着帽子车出发了。

"汪、汪……"在帽子警犬的带领下，他们来到一个帽子洞口。"帽子刀，你进去看看情况。"帽子刀带着几个帽子兄弟进洞了。

不一会儿，帽子刀他们出来了，身上还破了几道口子。

"报告瓜皮队长，帽子洞的主人是歪嘴帽子，这洞叫歪嘴洞，红帽子被绑在里面，歪嘴帽子武艺高强，小的实在斗不过他。"

"歪嘴帽子？我倒要看看他有多歪！帽子枪，本队长命你马上进洞，捉拿歪嘴帽子，救出红帽子。"帽子枪领命进洞去了。

帽子枪一进去，便放了一颗魔术弹，顿时，烟雾充满了整个歪嘴洞，里面的歪嘴兵被烟雾熏得东倒西歪，呛得咳嗽不停。

歪嘴帽子却没事。他拿出歪嘴瓶，嘴里念道："瓶盖打开，烟雾进来！"哇！所有的烟雾一下子都钻进歪嘴瓶里了。

这时，帽子枪眼疾手快，对着歪嘴瓶打了一枪"无

不烂"金弹，歪嘴瓶碎了。还没等歪嘴帽子去拿其他武器，帽子枪又向歪嘴帽子射出一枪"软身"氢弹，歪嘴帽子便软绵绵地倒在地上了。

帽子枪解开绑在红帽子身上的绳子，把它绑在歪嘴帽子身上，和红帽子一起，拖着歪嘴帽子出了歪嘴洞。

瓜皮帽带着全体队员，开着帽子车回到王宫。

原来，歪嘴帽子的一条椅腿——小歪嘴帽子生病死了，他听说皮大王的椅腿长生不老，便设法把红帽子偷了去，还打算改天再来偷另外三条椅腿呢！幸好逮住了他。

"给歪嘴帽子注入

'定身'药水，让他永远给我做椅腿。红帽子你可以出来当差了。"皮大王严厉地惩罚了歪嘴帽子。

瓜皮帽扭扭歪嘴帽子的歪嘴说："看你还歪不歪！"

傻帽儿

聪明的瓜皮帽有个弟弟，叫傻帽儿。

说起傻帽儿，帽子王国的罪犯都喜欢他。原来傻帽儿沾了瓜皮帽的光，被皮大王任命为帽子王国的法官，专门给犯人定罪。只是他每次定罪都要闹出笑话，差点没把皮大王气死，倒把罪犯给高兴坏了。

一天，帽子枪从外面抓来一只作案的帽子蛙，交给傻帽儿法官定罪。傻帽儿摆弄着面前这只帽子蛙，拍着脑袋，心想：给他定什么罪呢？忽然，他想起自己那天掉进水里，差点被淹死的情景，一拍大腿："来人，把这只帽子蛙丢到水里，淹死他。"手下当差的帽子不敢怠慢，急忙把帽子蛙丢进了水中。

第二天，又传来了那只帽子蛙作案的消息，皮大王召见了傻帽儿。

"法官先生，昨日那只罪蛙，你是怎么处治的？"

"回大王话，我命人把他丢进水里，淹死了。"

"哈哈……"帽子们都笑开了，皮大王气也不是，笑也不是。

瓜皮帽告诉傻帽儿："帽子蛙是不怕水的。他是个大肚子，可以抛向空中，掉下来摔死他。记住：抛向空中，摔死他！"

于是，傻帽儿整天念叨："抛向空中，摔死他！"

帽子枪又抓来一只犯罪的小鸟，交给傻帽儿法官定罪。傻帽儿正在念："抛向空中，摔死他！"便命手下："抛向空中，摔死他！"

　　接着又传来了那只小鸟作案的消息，皮大王气极了："你怎么可以把他抛向空中呢？他会飞呀！"瓜皮帽又提醒傻帽儿："应该塞到洞里，憋死他！"

　　过了些天，帽子枪又抓来了一只犯罪的老鼠交给傻帽儿。傻帽儿想也没想就说："塞到洞里，憋死他！"

　　不久，傻帽儿收到一封老鼠、帽子蛙、小鸟一起写来的感谢信："傻帽儿法官，感谢你的合作，希望你继续发挥你的聪明才智。"

　　傻帽儿高兴地把这封信交给皮大王，以为可以领赏了。皮大王一看，气得话也说不出来。好久，他才喘过气来，喊道："来人，把这个傻瓜给我轰出去！"

大王不见了

这天，皮大王觉得特别疲倦，正准备进屋休息。

他左脚一跨进屋，哇！好大一个洞！可是，想收回脚已来不及了。皮大王一下子掉进洞里了。

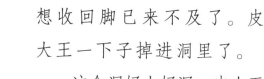

这个洞好大好深。皮大王只听见耳边呼呼的风声。伸出手，什么也摸不着；睁开眼，

什么也看不见。"这下可完了，非被摔得稀巴烂不可！"皮大王闭上眼睛等死。

皮大王往下落啊，落啊，也不知落了多久，还没到洞底。

"唉，这样不停地往下落，恐怕国王也当不成了。本来还想去游太空的，现在看来，非去游地狱不可了。"

"当初，要是不跟瓜皮帽一起来帽子王国当国王就好了。我出来这么久，妈妈一定想我了。我的小黑猫也一定盼着我回家了。"

"这样也好，说不定，我能到一个比帽子王国更好的王国去呢！唉，只不过恐怕不能再当国王了。不当国王也行，只要这样摔下去不把我摔得稀巴烂就行……"

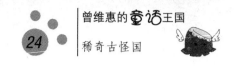

　　落啊，落啊，皮大王开始打瞌睡了。他梦见瓜皮帽逢人便问："你看见皮大王了吗？"他梦见帽子王国里的人都在互相说着："皮大王不见了，皮大王不见了。"

第二篇　胖胖王国

撑杆跳

　　皮卡丁睡着了，不知往下落了多久，突然，他觉得自己坐在什么东西上了。

　　皮卡丁睁开眼睛一看：自己坐在一朵云上飘啊飘，飘过了高山，飘过了大海。皮卡丁可高兴了，不禁手舞足蹈起来。可是，那轻飘飘的云，怎经得起皮卡丁在上面又蹦又跳！一下子破了个大窟窿。皮卡丁只感到头重脚轻，耳边响着呼呼的风声，他再也跳不起来了。

　　"糟糕！这次一定完蛋了。"

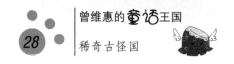
正当皮卡丁绝望的时候，他感到自己掉在了什么东西上：那东西软绵绵的，像弹簧一样，把皮卡丁弹得老高，又掉了下来，接着跟撑杆跳似的，又弹了上去。皮卡丁经过几起几落，弄得头晕眼花。

"难道我成了乒乓球，老是跳上跳下的……"话还没说出口，便"哎哟"一声，一屁股坐在地上，再也弹不起来了。

皮卡丁定睛一看，弹簧原来是些胖子。"天下竟有这么胖的人！"胖子的后背，有六尺长，四尺宽，两尺厚，就像一个超大超软的床垫。皮卡丁叹了一口气，"多亏了这些'床垫'，我才保全了性命！"

神奇宝盒

这里到处都是圆滚滚的胖子。

一个胖子开着一辆胖车，向皮卡丁这边驶来，他嘴里啃着一根老长老长的面包，啃得津津有味。

"真饿啊！真想吃点东西啊！"皮卡丁小声嘀咕着。他实在忍不住了，对胖车里的胖子说："你能给我一点面包吗？我饿极了。"

"噢，看样子，你是真的饿了。"胖子说完，便丢下小半截面包，悠然地开着胖车走了。

"乖乖，谢天谢地！"皮卡丁坐在地上，抱着

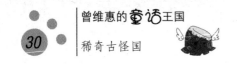
面包啃了起来，他觉得自己真幸运。对胖子来说，这是小半截面包，可是对皮卡丁来说，那简直就是一块大面包！

"香死了。"皮卡丁把剩下的拳头般大的面包一下子塞进了嘴里。

"哎哟，什么东西弄疼了我的牙？"皮卡丁吐出来一看，是一个拇指大的、金光闪闪的盒子，精致的盖子上刻着"打开我"。皮卡丁摆弄着那个小玩意，自言自语道："里面装着什么呢？绝世奇珍?!仙丹妙药?!藏宝图?!……嗯，不！说不定是妖魔鬼怪或定时炸弹……"

皮卡丁越想越害怕，对自己说："不管怎样，

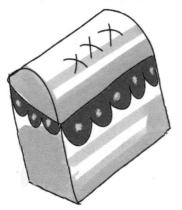

我得打开它，里面一定有秘密。我要学习《汤姆历险记》中的汤姆和赫克，只有敢于冒险的人，才是有本事的人。"

皮卡丁鼓足勇气，闭

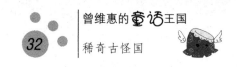
上眼睛，试着打开那个盒子。几秒钟后，他睁开眼睛一看：盒子里只有一张纸条。他长长地舒了一口气，擦掉了额头上的冷汗。

皮卡丁小心翼翼地取出纸条展开，只见上面写着："你勇敢，你幸运，胖胖王国里至高无上的国王欢迎你。"

"嗒嗒嗒——嗒嗒嗒——"一匹白马来到皮卡丁的身边，温顺地伏下身来。

"这匹白马，难道是胖胖王国的国王派来接我的？"皮卡丁一边想，一边骑上了白马，"我正愁没处可去呢，就到王宫里逛一逛吧！"

善良的莎拉公主

　　白马把皮卡丁带进了胖胖王国金碧辉煌的宫殿。

　　国王扭动着肥胖的身躯，前来迎接白马："亲爱的宝驹，让我看看，这次，你为我带来了什么样的客人？"

　　胖侍卫把皮卡丁接下马来。国王和王后仔细打量着皮卡丁。国王不高兴地说："我的王国里怎能有这样骨瘦如柴的臣民？"

王后过来摸摸皮卡丁的脸蛋说："是呀，瞧这张脸，让人感到他的家乡正在闹饥荒。"

皮卡丁急忙申辩："我不是你们胖胖王国的人，我来自一个美丽富饶的国家……"

"陛下，如果让外国的使臣看到他，他们一定会认为，我们胖胖王国财力匮乏。"

"陛下，他简直是我们胖胖王国的耻辱。"

"陛下，应该把他关进监狱，胖胖王国不允许有长不胖的臣民。"

……

大臣们七嘴八舌。

"父王，你们要把谁关进监狱呢？"这时，一位头上戴着宝石镶嵌的凤冠、身着紫衣金带的胖姑娘姗姗而来，她长得很胖，但很美丽。

"莎拉啊，你看，我们的王国里，怎么会有这样瘦小的人呢？"王后拉着姑娘的手说。

"她一定是公主了。"皮卡丁想，"童话中的公主都很善良，我得求她救救我。"

皮卡丁向公主鞠了一躬，说："公主姐姐，救救我吧，我会每天讲一个故事来报答您的。"皮卡丁想到了《一千零一夜》里的那些故事。

莎拉公主摸着皮卡丁的头，爱怜地说："可怜的小东西，留下你给我做个伴吧。"

听了公主的话，旁边一个披着盔甲的大臣，不怀好意地扭了一下他那大如磨盘的屁股，只轻轻一下，就把皮卡丁碰了一个趔趄，撞到另一个留有八字须的大臣身上。"八字须"也把屁股一扭，皮卡丁又像醉汉一样被甩了出去。就这样，在可恶的大臣们的"屁股阵"中，皮卡丁像个跳蚤一样跳来跳去，国王和王后被逗

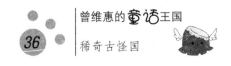

得哈哈大笑。

　　"你们别再戏弄我的客人了。"莎拉公主拉着皮卡丁的手说，"到我的花园里去玩吧！"皮卡丁抑制着内心的愤怒，跟着公主走了。

鼠皮椅子下的小人儿

公主的花园里，有一只猫。这可不是一般的猫，它壮得像一头小猪，坐在一张鼠皮椅子上，悠闲地啃着一块大大的面包。

皮卡丁的肚子又开始"咕咕"叫了，他不由自主地用舌头舔了舔嘴唇，咽了几口口水。

"尊敬的猫先生，你……你不用抓老鼠吗？"皮卡丁觉得太寂寞了，他想和这只猫说说话。

"呵——"猫从鼻子里发出一个声音，"真是的，我是尊贵的猫小姐！"

皮卡丁不好意思地说："对不起啊，尊贵的猫大姐。"

"你这人，我明明是猫小姐，为什么叫我猫大姐呢！"猫小姐没好气地说。

皮卡丁急忙说："我家的猫，好小好小，而你，却好大好大，你是我见过的最大最肥的猫了。"

"喵呜——"猫小姐生气了。她把剩下的面包一扔，就从鼠皮椅子上跳下来，一边往外走，一边说："和你在一起，我会被气死的！"

猫小姐走了，留下皮卡丁站在那里发呆。

"哧溜"一声响，从鼠皮椅子下面跳出一个小人儿，朝皮卡丁挥了挥小手，说："嗨，别发呆，你就是皮卡丁吧？上帝告诉我，

皮卡丁是我的主人。我终于找到你了。"

小人儿跳到皮卡丁的肩膀上，他听到了皮卡丁的肚子发出的"咕咕"声。小人儿又跳下去，从鼠皮椅子下面扛出来一块面包，递给皮卡丁："吃下这块面包，填饱肚子再说吧。"

这块面包，对小人儿来说，很大很重；对皮卡丁来说，却很小很轻。皮卡丁顾不得那么多了，刚两口就吃完了。

奇怪的是，皮卡丁吃下那块面包后，感觉自己越长越高，越长越胖。"我跟这儿的国王一样胖了……我再也不怕大臣们的'屁股阵'了，再也不会有人说我瘦得像田里的麦秸秆了……"

就在这时候，公主来了，她看见皮卡丁圆滚滚的模样，哈哈大笑："哈哈！你这样子，很可爱啊。"

公主回到自己的房间里，拿出一块面包，递给

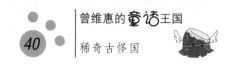

小人儿说："你带上这块魔法面包，到一个风景优美的地方，为皮卡丁造一幢漂亮的胖胖房子，你就陪着他，好好地生活吧。"

皮卡丁和小人儿住进了胖胖房子里，开始了快乐的生活。

胖校长当纤夫

世界杯"看谁最胖"选美比赛就要开始了，各国选手都在精心而紧张地准备着。胖胖王国里，胖胖培训班的胖校长，正在为收不到最后一名胖学生而急得像热锅上的蚂蚁。

小人儿利用一阵旋风，把一张纸条吹到胖校长的办公室。纸条上面画着一幢房

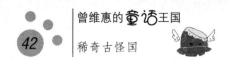
子，旁边写着："胖胖房子里的皮卡丁可以令你满意"。

胖校长带着胖秘书等六六三十六个人出发了。他们翻过七七四十九座山，蹚过八八六十四条河，跨过九九八十一道坎，找了整整一百天，终于找到了胖胖房子。可是他们围着房子转了一千零一圈，找了一千零一夜，也没有发现任何可以进屋的门。

"怎么进去呢？"他们摸摸脑袋，无可奈何地你望望我、我望望你。

胖胖房子里的皮卡丁问小人儿："这些天来，是些什么人在外面闹嚷嚷的？"

"是胖胖培训班的领导和教练。他们特意来找你，去参加世界杯'看谁最胖'选美比赛。"小人儿说。

"我？我能行吗？"皮卡丁转念一想，"我一定行，我得

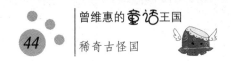

把握这次机会。"于是，皮卡丁对小人儿说："快去成全他们的美意吧！"

"我得先考验考验他们的诚意。"小人儿从谁也看不见的小洞钻出去，钻进胖校长的耳朵里，说：

胖子哥，胖子哥，

快快去找绳子搓；

胖绳子，把房拖，

拖翻房子见胖胖。

胖校长以为是上帝在提示他，忙说："感谢上帝。"他们分头找来绳子，搓成大腿般粗细，绳子一头系住房子，把房子当大船，一行人当纤夫，"嘿哟——嘿哟——"地拉了起来。

"嘣！"拉了三天三夜，绳子突然断了，三十六个胖子倒在坑中——那可是他们集体用力蹬出来的大坑！费了好大工夫，他们才爬了出来。

"上帝呀，帮帮我们吧！"费尽九牛二虎之力仍拉不动，他们一个个都跪下来求助。

皮卡丁进胖胖培训班

"还真有诚意，我得助他们一臂之力。"小人儿便从胖校长的耳朵里钻出来，没想到刚到胖校长的鼻孔边，胖校长就吸了一口气，小人儿被吸进胖校长的肺里去了——小人儿太轻了，就像空气。

胖校长他们不停地祈求上帝，却不知道，"上帝"早就在胖校长的肺里了。

小人儿费了好大的劲儿，才爬到胖校长的鼻子里，却在那儿迷路了。在他的眼里，那些鼻毛简直就是一片茂密的树林。"我该怎么办？——挠他的

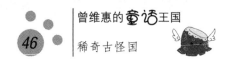
痒痒！"小人儿轻轻地摇动着那些"小树"。"阿嚏！"胖校长一个喷嚏，把小人儿喷出老远，差点儿找不到回来的路。

小人儿"嗖"的一声蹦上房顶，一按按钮，胖胖房子一下子不见了。

"啊?!"胖校长他们惊奇的并不是房子不见了，而是眼前这人太胖了。

"赶快把他带回去，选美大赛冠军非他莫属！"可是，胖校长又犯愁了："他这么胖，走起路来该多慢呀！"

小人儿跳上胖校长的肩膀，伸手摸着胖校长的胡子，说："要想有办法，得拔下你的一根胡子。"

胖校长一听，慌了："啊？上帝，不，不……"可是为了得到皮卡丁，他只好闭着眼睛答应，"好，是，是……你快拔吧！"

小人儿拖着胖校长的胡子，嘴里喊着号子："一二，一二……"每拉一下，胖校长就"哎哟"一声。在喊一万零一声时，胖校长大叫："痛死我

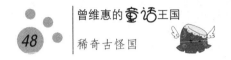

了！"小人儿费了九牛二虎之力，也已经筋疲力尽、大汗淋漓了。

胡子终于拔下来了。小人儿对胡子说：

胡子哥，胡子哥，

快快变辆胖摩托。

胖胖摩托装胖胖，

快快去拿冠军奖。

胡子听了小人儿的咒语，不断长长、长粗，最后变成一辆胖摩托。

小人儿又跳上胖校长的鼻梁，扭着胖校长的鼻子说：

鼻子长，鼻子长，

卷起胖胖进车厢。

鼻子听了小人儿的咒语，一下子拉得老长，卷起皮卡丁，慢慢地装进了车厢。小人儿开着胖摩托，飞向胖胖培训班。

鼠裁判荡秋千

皮卡丁成了胖胖培训班的高才生。他代表胖胖王国去参加选美比赛。皮卡丁以绝对的优势，战胜了所有对手，就剩下最后一轮和野鸡国的巨型野鸡比赛了。

巨型野鸡的腿，也有皮卡丁那么高，像两根大柱子立在地上；它的鸡冠，可以让我们在上面进行乒乓球赛。胖校长见此情形，一屁股坐在地上，耷拉着脑袋，像泄了气的皮球，皮卡丁却充满必胜的信心。

"叽——"哨响了，比赛正式开始。首先是称重比赛。

令皮卡丁意想不到的是，胖胖王国的比赛，竟然用最原始的杆秤来称重。

"怎么不用电子秤呢？"皮卡丁问，"电子秤称得又准又快。"

土拨鼠裁判说："电子秤算是尖端科技产品，我们的比赛是最纯朴最原始的风格，所以一直用杆秤。不过，请你放心，绝对不会影响比赛的结果。"

当土拨鼠裁判刚把特大号秤的秤杆放下来套上秤砣的时候，野鸡就高昂着头，一步踏上秤盘，说："先称我，后称他。"

这一上前踏不得了了——秤杆一下子

翘上了天，土拨鼠裁判被悬在空中，一边吊着秤杆荡秋千，一边高喊"救命。"

听见土拨鼠裁判喊救命，野鸡又一步跨下来，只听"啪"的一声，土拨鼠裁判随着秤杆重重地摔在了地上。

"太骄傲了，不知天高地厚的东西！"观众们义愤填膺。

"一点道德都不讲，还想得冠军！"皮卡丁说。

称重的最后结果：皮卡丁和野鸡一样重。

"叽——"土拨鼠裁判又一次鸣哨，"测量开始。"

土拨鼠裁判拿着皮尺，去给两位选手测量。

皮卡丁双手托着土拨鼠裁判，配合它为自己测量胸围、腰围和身高。

轮到野鸡了，它站在赛场中央，张开双翅，引颈高歌："我的体形最优美，我

的身段最苗条……"唱着唱着，就"扑扑扑"地扇动双翅。这一扇，把土拨鼠裁判扇出老远。用了好几个小时，土拨鼠裁判才走回赛场。幸亏小人儿紧紧地拉着皮卡丁的耳朵，要不，他又非得被扇得远远的，找不着路回来。

"野鸡太自高自大了。"皮卡丁说。

"这样的家伙，一定成不了大器。"小人儿回应道。

土拨鼠裁判顺着野鸡的腿往上爬，准备为它测量身高。可是，野鸡只顾卖弄自己，还时不时来个"金鸡独立"或"白鹤亮翅"，有几次，土拨鼠裁判还没爬到它的大腿，就被摔了下来。

"干脆拿梯子来。"土拨鼠裁判认为，这一定是个好主意。

众人马上抬来梯子，靠着野鸡，土拨鼠裁判拿着皮尺，一步一步往上攀登。可是正当它用皮尺量野鸡的胸围时，野鸡高呼一声："冠军是属于我的！"随即又迈出一步。不料，梯子一歪，倒了。可怜的土拨鼠裁判，双手拉着皮尺，挂在野鸡脖子上，又荡起了秋千，多亏皮卡丁给他搭上梯子，才没被摔疼屁股。

"今儿个怎么老是荡秋千？"土拨鼠裁判火了。

"野鸡国怎么派出这样没有教养的选手？"皮卡丁气愤了。

"狂妄自大的东西，应该取消比赛资格。"胖校长和观众们都这么说。

皮卡丁得冠军

"前两项比赛，皮卡丁和野鸡赛成平局。"裁判长黑猩猩宣布，"现在，将加试一项：智能比赛。"

"叽——"鼠哨一响，土拨鼠裁判宣布，"二位选手，听好下面的题：一天，狼狗族长向猴警官报案，说族里走失了成员。猴警官问：'在什么时候？走丢了多少成员？'狼狗族长说：'不是今年就是去年，不是一只，就是两只、三只……'请问二位选手：狼狗家族在什么时候，丢失了多少成员？"

土拨鼠裁判的话音刚落，野鸡便"哈哈"大笑，说："这种问题，也能难倒我？依我看，狼狗族长简直是谎报案情，自己家丢失了成员，居然不知是何年何月。更可笑的是，连丢失了几只也不知道，这不是笑话吗？"

　　"皮卡丁，是你大显身手的时候了。"小人儿对皮卡丁说。

　　皮卡丁听完题，心里非常高兴，因为这道题他曾在《智慧屋》上看见过。皮卡丁感慨道："还是多看书好啊！"

　　皮卡丁向裁判和观众谦逊地笑了笑，说："狼狗族长没有撒谎，它们丢失成员的时间是去年大年三十晚12时左右，走失的是一只母狼狗。"

　　"空口无凭！"野鸡对皮卡丁简直不屑一顾。

　　"我的凭据就是狼狗族长的话。去年大年三十晚

12时左右丢失了成员，当时没有具体时间，所以分不清是今年还是去年，如果是12点以后丢失的，就是今年。他们丢失的是一只母狼狗，如果它的肚子里没有小宝宝，丢失的便是一只；如果它的肚子里有一个小宝宝，就丢失了两只；如果它的肚子里有两个小宝宝，就丢了三只……所以，狼狗族长报案时说：'不是今年就是去年，不是一只，就是两只、三只……'并没有错。"

听了皮卡丁的分析，观众中传来一片"啧啧"的赞叹声。

"智能比赛，皮卡丁获胜。本届比赛，皮卡丁获得冠军。"裁判长郑重宣布。

野鸡一听，刚才的傲气荡然无存。"裁判先生，我有这样优美的腰身，冠军应该属于我才对。"它哭丧着脸。

"野鸡先生，美不美，不能光看外表。皮卡丁的美，在于他的谦虚、机智，他才应该是名副其实的冠军。"裁判长说。

"骄傲自满，臭美！"

　　"狂妄自大，没有真才实学，还美呢！"

　　……

　　"冠军应该是皮卡丁。"裁判席上的长颈鹿、小松鼠也在热烈欢呼。他们都认为，失败者应该是骄傲自满的野鸡。

皮卡丁脱险

　　天有不测风云，丰衣足食的胖胖王国遭了天灾。一股龙卷风，卷走了胖胖王国所有的食物，又加上连年大旱，田里颗粒无收。

　　胖胖王国闹饥荒，人们一个个都瘦了。慢慢地，有许多人饿死了。

　　皮卡丁呢？脸上的肉少了许多，身体也缩了几圈，他能看见自己穿的是什么样的裤子和鞋子了。小人儿也撇下皮卡丁，早已无影无踪了。

　　以前那双很合脚的鞋子，现在显得好大好大，好像是两艘大船。皮卡丁望着那"两艘大船"想:"要是它们能变成飞船,把我带回家,该多好!"

皮卡丁想着想着,那"两艘大船"真的越长越大,渐渐地合在一起,变成了一艘飞船。

皮卡丁觉得自己离开地面了:"啊!我真的飞起来了。"他越飞越高,越飞越远,渐渐地看不见胖胖王国了。头顶上有蓝天、白云,身边是呼呼的风声,时而有几只小鸟伴着他飞行……

第三篇　老鼠王国

翻窗而逃的老鼠

　　皮卡丁离开胖胖王国后，在林中漫无目的地走着。天黑了，他看到一间小木屋，便打算在那里过夜。

　　"真好，这里还有一双鞋，正好合适。"皮卡丁试穿了一下小木屋里的那双鞋。他还看见窗户下面的小桌子上，有钢笔、铅笔和几个本子，皮卡丁高兴地说："好多天没写字了，写一写。"

　　皮卡丁坐下来，写了好多字，还给帽子王国的瓜皮帽写了信。

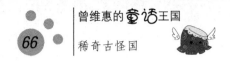
亲爱的瓜皮帽：

我非常想念你，还有帽子王国里所有的帽子们。红帽子、傻帽儿他们都还好吗？我真希望再回到帽子王国……

皮卡丁太累了，信还没写几句，就进入了梦乡。

皮卡丁正在做着美梦，被一阵嘈杂声惊醒了。

一只花尾巴老鼠正在啃着皮卡丁的鞋："叽叽叽……嚓嚓嚓……"

睡梦中的皮卡丁睁开眼睛一看，惊叫起来："嗬！你这个坏家伙，居然咬我的拖鞋，看我怎么收拾你！"

皮卡丁刚起床，那花尾巴老鼠就拖着那别有两支钢笔的拖鞋，翻窗而逃。

皮卡丁光着脚丫，打开房门追了出去："站住——放下拖鞋和钢笔——"

花尾巴老鼠在离皮卡丁不

远的一棵大树下停了下来，笑呵呵地说："明天，我要考试呢，想借用一下你的笔。都说人类的笔里面藏着无穷的智慧，有了这两支笔，我一定能考上我们王国的状元。哈哈哈——"

皮卡丁气得直瞪眼："小偷还想当状元？哼！"

皮卡丁蹿上去，想抓住花尾巴老鼠。花尾巴老

鼠"蹭、蹭、蹭"地几下子就爬到树上去了。

"叽——叽——"树上传来花尾巴老鼠急促的叫声。只见花尾巴老鼠在大树的树杈里，抽不出身来。

皮卡丁一看，乐了："哈哈哈，卡住了！这下看你往哪里逃？"

皮卡丁也爬上了树。正当皮卡丁快要逮到花尾巴老鼠的时候，它居然从树杈里挣脱出来，只听见"蹭、蹭、蹭"几下，它又跑了！

来到一条小河边，花尾巴老鼠停下了脚步。

皮卡丁哈哈大笑："这回看你还往哪儿逃！非淹死你不可！！还是放下我的东西吧，你已经无路可逃了！"

出乎意料的是，花尾巴老鼠居然把拖鞋当作船，把两支钢笔当作桨，飞快地划到对岸去了。

皮卡丁空欢喜一场，目瞪口呆地站在原地："都说老鼠机灵，这次我算是领教了。"

想着想着，皮卡丁又进入了梦乡，也许是追老鼠太累了。

老鼠王国五香街

　　皮卡丁被一阵嘈杂声吵醒了，睁开眼睛一看，遍地都是他平时最讨厌的东西——老鼠。皮卡丁的身旁正好有一块路标，上面写着"老鼠王国五香街"。在这条老鼠们命名为"五香街"的街道上，一些系着围裙的老鼠，正在叫卖：

　　"买瓜子喽，五香瓜子！"

　　"又鲜又大的盐茶鸡蛋喽！"

　　皮卡丁摆出一副很有身份的架势，大摇大摆地向五香街中央走去。皮卡丁想："这些东西肯定都是老鼠从人们那儿偷来的，我家的鸡蛋就被老鼠偷过。老鼠有什么了不起？它们也是靠人类生活的。"

老鼠们呼喊着、奔跑着，举着棍棒，拿着刀叉，向皮卡丁围过来。它们叫喊着：

"快来呀！有人闯老鼠王国五香街了！"

"不得了了，有强盗了！"

"兄弟们，上啊！打呀！"

皮卡丁被带到了老鼠警察局。

警察局里挂着"坦白从宽，抗拒从严"的牌子，一个穿着警服的老鼠警官端坐在猫皮大椅上。

皮卡丁看着大椅上的那块猫皮，自言自语："简直就和去年家里丢的那只猫的猫皮一模一样。"

老鼠警官指着皮卡丁说："你

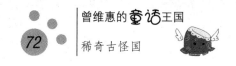
是何方人氏？为何要来这儿偷东西？快快从实招来！"

皮卡丁高傲地回答："我叫皮卡丁。偷?! 你们才是真正的大小偷。你们吃的、用的，哪样不是从人类那儿偷来的？"

老鼠警官理直气壮地说："人类是什么东西?! 我们早就不依赖人类生活了，现在我们吃的、用的，都是自己生产的。"

皮卡丁不屑地说："自己生产?! 你们这些专会翻箱倒柜、偷小鸡、拖袜子、咬破布的坏东西，还能有什么真本事？"

"怎么不会？我们老鼠王国里有自己的种植园，有自己的生产车间，车间里有一流的流水生产线。不信？我带你去看看。"

于是，老鼠警官带着皮卡丁来到了种植园。

种植园

哇！好大的种植园！皮卡丁根本不相信眼前这一切是真的。园里有各种果树，林中套种着各种蔬菜、庄稼。在种植园里工作的老鼠，忙得热火朝天，却都微笑着很有礼貌地打着招呼：

"警官先生，您好。"

"欢迎您，警官先生。"

……

皮卡丁看着果树上挂着的又大又红的苹果，真想摘一个来吃，可又怕丢面子，馋得直流口水。

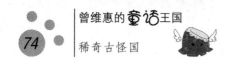

一只围着白围裙、头上戴着几朵漂亮的野花的小灰鼠，捧着一个大苹果，对皮卡丁说："你一定是饿了，这个苹果给你吃吧！"

皮卡丁倒觉得不好意思起来："不……没……没饿。"

皮卡丁转过身，狼吞虎咽地啃了起来，他边吃边想：老鼠真有本事！

小灰鼠乐呵呵地看着皮卡丁吃苹果。

老鼠警官对皮卡丁说："你就留在种植园里，和他们一起工作吧！只有用自己的双手辛勤地劳动，才能饱肚子。"

皮卡丁似懂非懂地看着老鼠警官。

皮卡丁找不到回去的路，只好暂时在种植园里住下了。他在种植园里工作得很好，因为这里的老鼠们很团结。

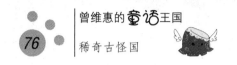

皮卡丁问小灰鼠："小灰，你们老鼠王国怎么也开始劳动了？"

小灰鼠说："以前，听说我们的祖先都是靠从人类那儿偷东西过日子。后来，我们老鼠王国的成员越来越多，只靠偷东西已不能维持生活了，于是，就靠自己动手、丰衣足食了。"

001 地下室

一天，皮卡丁正在种植园里除草，锄头挖着了什么硬东西，扒开一看，是一块木板，皮卡丁好奇地把木板拿起来一看："呀！地道？说不定里面有秘密呢！我得进去看看。"

皮卡丁带着满脑子的疑问，进入了地道。

他来到一扇门前，只见门上写着——001 地下室。还没进门，他就被 100 只大耳朵老鼠组成的巡逻队拦住：

"站住！不许动！"

"私闯地下室是要被惩罚的。"

皮卡丁被 100 只大耳朵老鼠簇拥着押进一间小黑屋里。一只大耳朵老鼠指着皮卡丁说:"老实点儿,要不就判你死罪。"说完,"砰"的一声,老鼠关上门,走了。

皮卡丁待在小黑屋里,可委屈了:"现如今真是反了,连老鼠也会欺负人了。要是在家里该有多好,连小猫也会惩罚老鼠的。"

从小黑屋的隔壁传来了响声:"叮当,叮当……"

皮卡丁摸索着把耳朵贴近墙壁:"隔壁一定有老鼠——可是,怎样才能看得见呢?"

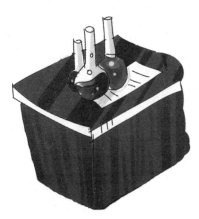

皮卡丁拿出随身带的水果刀,开始挖墙壁。不一会儿,就把墙壁挖了一个小洞。皮卡丁从小洞看过去——

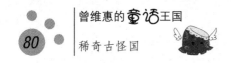

隔壁好像是一间实验室，实验台上放满了贴着标签的烧瓶、烧杯、试管等。

一只教授模样的长鼻子老鼠正在给几只穿着白大褂、戴着口罩的老鼠讲课："我们 001 地下室研制的是新型疫苗——闻必死，英文名称是 WBS，这是在总结了以往 999 次失败经验之后才研制成的。如果我们大规模地生产出了这批 WBS，只要一天一夜，人类就会全部灭绝，到那时，我们老鼠王国，将是世界上最强盛的王国！我们将称霸全球、主宰宇宙！

"目前，我们还不能大规模地生产 WBS 的原因，是我们没有那么多猫耳朵。猫耳朵是生产 WBS 必不可少的原料。现在，我们已经派出敢死队，不惜一切代价捕捉猫。车间已在抓紧时间生产铁笼子，捉来的猫就关在这间密室里，希望你们为了老鼠王国的繁荣昌盛严守秘密。"

皮卡丁听得目瞪口呆。

皮卡丁听了老鼠教授的这一番话，惊讶得差点儿喘不过气来。皮卡丁想："家中那只小花猫该不会被捉来了吧？隔壁王大妈家那只小黑猫该不会被捉来了吧？外婆家那只会跳舞的阿黄该不会被捉来了吧……"

皮卡丁在小黑屋里受不了了，他又困又饿。"恐怕等不到老鼠把 WBS 生产出来，我已经饿死在这里了。"皮卡丁对自己说。

太虚神笔

"皮卡丁，你在哪里？我来了。"小灰鼠小声地呼喊着。

小灰鼠竟然给皮卡丁带来了大苹果，这个苹果比它的身子还大呢！只是，这个苹果被弄得遍体鳞伤。

小灰鼠对皮卡丁说："皮卡丁，皮卡丁，我给你送大苹果来了。"

皮卡丁捧着大苹果,高兴地说:"谢谢你,小灰。"

皮卡丁望着这个已被摔得不成样子的苹果，激动得热泪盈眶。

皮卡丁问："小灰，你是怎么把这个苹果弄到这儿来的？"

小灰说："苹果太大，我拿不动，我是把它滚着来的。"

"放开我，放开我，你们这帮流氓！"

睡梦中的皮卡丁被一阵嘈杂声惊醒。

"乖乖地待在这儿，"皮卡丁从小洞往隔壁房间看，只见几只凶神恶煞的、手持长矛的大耳朵老鼠，恶狠狠地对铁笼中的猫说，"免得受皮肉之苦！"说完便走了。

"天哪，这帮可恨的东西，竟把外婆家那只会跳舞的阿黄给捉来了，还要用阿黄的耳朵来制WBS！"皮卡丁恨不得把自己变小，从小洞钻过去救阿黄。

正在皮卡丁不知道该如何是好的时候，他在黑暗中摸到了一样东西，借着从洞口射进来的光一看，是一支笔，笔杆上写着"太虚神笔"。

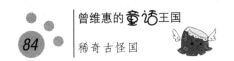

　　"神笔？马良的神笔不是画什么就有什么吗？真是太好了！"

　　皮卡丁在墙上画了一扇门，果然，他通过这扇门进了实验室，来到了阿黄的身边。

　　皮卡丁关切地问："阿黄，你怎么也被带来了？它们一定弄疼你了吧？"

　　阿黄问："皮卡丁，你怎么也在这儿？这些天来，外婆一家到处找你，我也在四处找你。今天，一大早，我到你经常去玩的猴子洞去找你，没想到刚进洞，就被一大群持枪的自称敢死队的老鼠捉住，随后便被押到了这儿。"

　　皮卡丁安慰阿黄："别害怕，我们会找到出去的办法的。"

　　阿黄叹息着，"你就别安慰我了，这铁笼子如此牢固，你能有什么办法呢？"

　　"我有太虚神笔！"

阿黄真是又惊又喜："什么?! 太虚神笔?! 太虚神笔怎么到了你的手里? 皮卡丁, 你不知道, 为了太虚神笔, 我付出了多么惨痛的代价呀!"

皮卡丁惊奇地看着阿黄:"怎么, 你也知道太虚神笔?"

"唉, 说来话长。太虚神笔本是我们猫界的镇界之宝, 十几个世纪以来, 就因为有太虚神笔, 鼠辈根本不敢胡作非为。只可惜呀。"

"只可惜什么? 你为太虚神笔付出了什么代价呢?"皮卡丁问。

"我本是蓬莱山中的一只猫王, 也是太虚神笔的第999代传人, 我也曾发誓要好好保护神笔。可是, 有一天, 我的部下阿咪给我带来一粒金黄色的丸子, 说是吃了可以成仙, 我便吃了。吃下丸子后, 我就晕倒

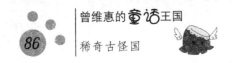
了。等我醒来，太虚神笔就不见了。后来，我才知道，给我丸子吃的阿咪是老鼠精变的，它不但杀了我的阿咪，还抢走了我的神笔。猫仙一怒之下，就把我赶出蓬莱山，我便投胎到了你外婆家。"

"阿黄，你真是一只不幸的猫王。我来救你出铁笼子。"

皮卡丁拿出太虚神笔，在铁笼上画了一扇门。

阿黄从那扇门出来了。

"皮卡丁，为了庆贺我重获自由，我跳支舞给你看。"阿黄说着就跳了起来。

皮卡丁乐呵呵地看着阿黄跳舞。

烫火锅

阿黄太高兴了，不小心把实验台上的烧杯碰倒了："哐当——"

还没等皮卡丁和阿黄回过神来，一大群持枪的"尖下巴"老鼠已破洞而入，用枪瞄准了皮卡丁和阿黄。"不许动，要不我就开枪了！"

"尖下巴"老鼠们捉住了皮卡丁和阿黄。"何方盗贼，竟然私闯密室搞破坏，简直是罪不可赦！"

一只尖下巴老鼠推着皮卡丁，说："走！烫火锅去！"

皮卡丁边走边想：天下哪能有这等便宜的好事？犯了罪还请我烫火锅？正好，我好些天没吃肉了，就是烫点素菜来吃，也够令人满意的。

皮卡丁和阿黄被押到一间豪华客厅。皮卡丁睁大眼睛四处张望，小声嘀咕着："没想到老鼠也会享受荣华富贵。"

一只穿着旗袍的老鼠坐在猫皮大椅上。"厅长夫人，有请。""尖下巴"们都向她鞠躬行礼。

"过来，让我看看。"厅长夫人示意"尖下巴"

把皮卡丁和阿黄拉到她面前。她上下打量了皮卡丁和阿黄好一会儿，说："嗯，人倒还细皮嫩肉的，猫也又肥又胖，味道一定鲜美。小的们，准备开锅！"

皮卡丁突然明白：该不会是把我们烫着吃了吧？我们要下油锅了?!

只见一群系着围裙的小老鼠忙开了，它们准备好火锅作料，点旺了火。眼看锅里的作料煮得热气腾腾的，还散发出诱人的香味。

皮卡丁慌了神，悄声问阿黄："我们该怎么办呢？"

阿黄凑近皮卡丁的耳朵，说："用太虚神笔画支枪吧！有了枪，我们就什么也不怕了。"

皮卡丁蹲在地上画枪。

一只"尖下巴"老鼠一把抓住皮卡丁手中的太虚神笔："好小子，都死到临头了，还有闲心画画儿。"

皮卡丁情急之下，用力一扯，扯下了太虚神笔的笔毛，笔杆被"尖下巴"给拿去了。

"尖下巴"把笔杆拿到嘴边比试着："嘻嘻！我用它来做烟斗，再好不过了。"

皮卡丁叹息道："命该绝矣！"

阿黄也像泄了气的皮球。

系着围裙的老鼠说："夫人，可以下锅了！先烫哪一个？"

厅长夫人说："就先烫那个细皮嫩肉的人吧，人最可恶，经常用'敌杀死'来毒我们。"

众老鼠抬着皮卡丁，来到锅边，喊着号子："一、二、扔！"

皮卡丁闭上眼睛，一副听天由命的样子。

可是，皮卡丁在油锅里竟然安然无恙。刚才还热气腾腾的油锅，现在已不再冒热气了！连皮卡丁自己也不知道这是为什么。老鼠们惊讶得说不出话来。

皮卡丁手中的笔毛说话了："皮卡丁，千万别丢开我，如果你丢开了我，你会被烫死的。"

皮卡丁小心翼翼地握着笔毛，既怕丢了，又怕被眼尖的老鼠发现。

厅长夫人说："遇到怪事了！快，快把他捞起来！

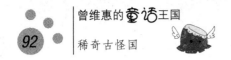
通知护士，把他带到眼镜博士那儿去，当活标本研究。"

众老鼠手忙脚乱地抬起了皮卡丁。

一只老鼠尖声尖气地问："夫人，那只猫如何处置呢？"

没有吃到人肉火锅的厅长夫人，很不高兴地说："他们是一伙的，肯定都一样，都拿去做标本吧。真是扫兴！"

于是，一大群戴着大口罩、穿着白大褂的老鼠护士，用黑布蒙住皮卡丁和阿黄的眼睛，押着他们走出了豪华客厅。

眼镜博士

　　老鼠们把皮卡丁和阿黄押到了眼镜博士的工作室。

　　眼镜博士的工作室里有一个大书架，书架上密密匝匝地挤满了书。博士的眼睛上架着两块厚厚的玻璃镜片。它坐在写字台旁，翻着一本厚厚的书，像是在研究着什么。

　　那只把太虚神笔的笔杆当烟斗的"尖下巴"说："博士，这两个怪物不怕开水烫，厅长夫人吩咐，把他们当活标本来研究。"

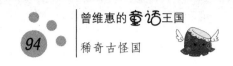

看着"尖下巴"那样子,阿黄气得直瞪眼。

眼镜博士的那双小眼睛,透过厚厚的玻璃镜片望着皮卡丁,用手中的笔指着皮卡丁,说:"先把这个大怪物推上手术台!"

老鼠护士们强行把皮卡丁按倒在手术台上,并用绳子把皮卡丁的手、脚都牢牢地捆住。

一只红眼睛老鼠护士厉声喝道:"别动!要不,就给你打一针麻醉剂!"

几只红眼睛老鼠护士,抬着一支粗大的针管,向皮卡丁示威。

皮卡丁瞪着红眼睛老鼠护士,小声嘀咕道:"我们人类可没有像你这样凶神恶煞的护士。"

眼镜博士拿着一个放大镜,看了看皮卡丁的眼睛,又瞧了瞧他的鼻子,还认真地瞅了瞅他的耳朵。

皮卡丁感到很委屈:"还真把我当标本使

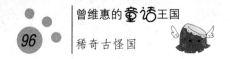
用了！"

眼镜博士又去翻了翻那本比《西游记》还厚的书。他用手指推了推眼镜，歪着脑袋望着皮卡丁，粗声粗气地说："我怎么越看你就越觉得你不像人了呢？"

那叼着"烟斗"（应该叫太虚神笔的笔杆）的"尖下巴"挤了进来，仔细地打量着皮卡丁。"让我来看看，他不像人像什么呢？——哈哈哈哈——稀奇！稀奇！居然有两只老鼠钻到他的眼睛里去了。""尖下巴"像发现了新大陆般大笑起来。这一笑，它嘴里叼着的"烟斗"就掉在了地上。

"烟斗"掉到地上，响起了优美的旋律："1—5—3—5—1—3—5—"

本来要争着看皮卡丁眼睛里的老鼠的老鼠们，被这优美的旋律吸引了。眼镜博士捡起笔杆，又是翻书，又是用放大镜看，就像在鉴定古董一样。

"珍品！珍品！太虚神笔，简直是绝代珍品啊！这可是厅长生前的宝贝啊！"眼镜博士拿着笔杆的手在颤抖，"只可惜，差了笔毛啊！"

皮卡丁歪着脑袋想："笔毛？"

阿黄说话了："笔毛还在油锅里呢，不知被烫坏了没有。"

阿黄边说边趁乱来到皮卡丁身边，解开了捆住皮卡丁的绳子。

眼镜博士说："快去找，快去找笔毛！'太虚神笔'可是厅长的遗物，找到了笔毛，厅长夫人一定会重赏。"

于是，老鼠们蜂拥而出，寻宝去了。

"原来，是厅长那只老鼠精偷了你的镇鼠之宝。也难怪，做了亏心事，必定短命。"皮卡丁

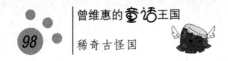

对阿黄说。

"别说那些了，抢过笔杆再说，这是最好的下手机会。"

皮卡丁一把抢过眼镜博士手中的笔杆，用绳子把他捆住，拉着阿黄就跑。

皮卡丁和阿黄终于逃到了 001 地下室外。

虚惊一场

阿黄感激地说："皮卡丁，谢谢你帮我找回了太虚神笔。我们想办法回家吧。"

皮卡丁认真地说："阿黄，你先走吧，带着太虚神笔，回到蓬莱山，继续做你的猫王吧。在回去之前，我必须阻止老鼠王国生产WBS，不然，我没脸回去。"

阿黄说："那好吧，我和你一起完成任务。可是，我们怎样才能知道WBS的秘密呢？"

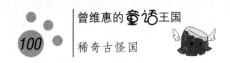
皮卡丁说："不如用太虚神笔画一个老鼠夹，弄只老鼠来问问吧。"

皮卡丁边说边用神笔在地上画了一个老鼠夹。

有只小老鼠被夹住了。

皮卡丁问小老鼠："研制 WBS 的实验室在哪里？"

阿黄做出一副要吃它的样子："说不说，不说我就吃了你！"

小老鼠惊恐地说："我……我带……你……你们去……"

小老鼠带着皮卡丁和阿黄，来到研制 WBS 的实验室门外，只见两只长鼻子老鼠正在鬼鬼祟祟地商量着什么。

红鼻子老鼠说："还差十对猫耳朵，我们的仙丹就能炼成了。"

"如果厅长家那老妖妇发现我们根本就生产不出 WBS，而是在骗她，我们该怎么办呢？"蓝鼻子老鼠说。

"等那老妖妇发现我们在骗她时，我们已经炼成了仙丹，到那时，老鼠王国就是我们的天下了，哪还有她说话的份儿？我们现在不过是想借用她的兵力，方便寻找猫耳朵罢了。"红鼻子老鼠说。

听了红鼻子老鼠和蓝鼻子老鼠的对话，皮卡丁长长地舒了一口气，"原来只是老鼠王国的争权夺利，什么 WBS，什么消灭人类，真是虚惊一场！"

阿黄笑眯眯地说："皮卡丁，这下，你可以毫无顾虑地回家了吧？"

皮卡丁用"太虚神笔"唤来了小灰鼠。

他万分感激地对小灰鼠说："小灰，我

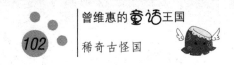
们要回家了。小灰,你真好,我会永远记住你的!"

临别时,小灰对皮卡丁说:"我有一事相托,请你转告人类,请珍视生命,善待我们鼠类!我会经常去看你的。"

第四篇　方便王国

确实方便

皮卡丁带着阿黄走在回家的路上，却不小心闯进了一个迷宫。虽然皮卡丁玩过不少迷宫游戏，但在这个迷宫里，他还是迷路了。

皮卡丁和阿黄走散了。

走啊，走啊，不知道走了多久，皮卡丁来到一块绿茵茵的草地上。

"嗨，欢迎你来到方便王国。"身旁的一棵小草微笑着说。

啊，真是太好了！居然来到了方便王国。皮卡

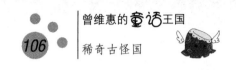

丁可高兴了，他在草坪上翻滚着，欢呼着……

翻累了，滚够了，皮卡丁坐在草地上，想睡觉了。可是，他东瞧瞧西望望，"怎么没有一座房子？"皮卡丁感到不可思议。"还说是方便王国呢！连睡觉的房子都没有，说不定是倒霉王国呢！——算了，就在这草地上睡一觉吧！"皮卡丁太疲倦了。

夜，静静的。天空中眨着眼睛的星星，多得像草坪上的花朵，它们在听蟋蟀弹唱那首《星儿星儿，你静静地听》。

皮卡丁在蟋蟀的琴声中醒了。"天黑了吗？"

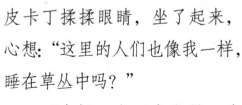

皮卡丁揉揉眼睛，坐了起来，心想："这里的人们也像我一样，睡在草丛中吗？"

"奇怪！白天也没见一座房子，现在哪来那么多房子？"皮卡丁有点不相信自己的眼睛。

皮卡丁走到一幢漂亮的红房子前，"咚咚咚"敲门。

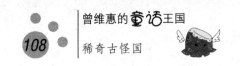

　　"谁呀？有事吗？"开门的是一个八九岁的小姑娘。"你是谁？我怎么不认识你呢？"小姑娘那双美丽的大眼睛里充满了疑问。

　　"我叫皮卡丁，你能让我在这儿住一夜吗？"皮卡丁说。

　　"皮卡丁？多不方便的名字！在我这儿住一夜？"小姑娘感到很奇怪，"你的泡泡糖丢了吗？"

　　"泡泡糖？泡泡糖和房子有什么关系？"皮卡丁觉得小姑娘的话怪怪的。

　　"我想，你一定是才来我们方便王国的，要不怎么会不知道泡泡糖和房子的关系呢？告诉你吧，在我们这里，房子就是泡泡糖，和泡泡糖就是房子一样。"小姑娘说话的时候，头上的羊角辫一翘一翘的，真好看！

　　皮卡丁没有说话，歪着脑袋看着小姑娘，心里想：她该不是在捉弄我吧？

　　"不信吗？"小姑娘从口袋里掏出一个黄色的泡泡糖，说："给你吹一间黄色的房子。"

小姑娘从地上捡起一根树枝，在泡泡糖上画了一下："这是门，我就从这儿吹起。"

一会儿，那泡泡糖就膨胀得比皮卡丁还大了。小姑娘继续吹，慢慢地，泡泡糖真的就变成了一间黄色的房子。

"你进去吧！我把它送给你。"小姑娘说。

皮卡丁走进小房子里，里面有现成的床、桌子……简直是应有尽有！

"今天晚上，你就在这儿休息。明天早上，我请你吃我们这儿最方便的早餐。"

皮卡丁还没来得及说点什么，小姑娘就走了。

"方便王国，确实方便！"

蒜儿姑娘

太阳甜蜜的嘴唇，吻着皮卡丁的眼睛，皮卡丁醒了。

皮卡丁起床了。一开门，迎来的便是小姑娘甜甜的问候："皮，早上好！"

"你怎么叫我皮呀？难道叫我皮卡丁不好吗？"皮卡丁有些不同意她这样称呼自己。

"哦，昨天我就说过，你的名字叫起来不方便，反正你的名字里有一个皮字，就叫皮，不行吗？"小女孩理直气壮地说。

"那么，请问你叫什么名字呢？"皮卡丁想听听她的名字叫起来是不是很方便。

　　"我叫蒜儿。"小女孩得意地回答。

　　"蒜儿？怎么不叫葱儿呢？这是什么名字！"皮卡丁笑了。但他马上止住了笑，心想：我这样，她一定要生气了。

　　可是小女孩并没有生气，她说："我请你吃早餐，到我的屋里去吧！"

　　皮卡丁来到蒜儿的红房子里。

　　"皮，我请你吃葱炒豆腐。"蒜儿说。

　　蒜儿忙开了。她来到房间里那棵小树旁，摘下几片树叶，泡在水里，说："我要又鲜又嫩的豆腐。"

　　过了几秒钟，蒜儿果然从水里捞出来几块白白嫩嫩的豆腐。

　　"哆哆哆——"蒜儿用刀切成了豆腐块。

　　"这豆腐，真的能吃吗？"皮卡丁有点儿不相信自己的眼睛。

　　蒜儿把切好的豆腐盛进盘子里，然后转过身，

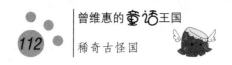

又来到房间角落里那棵小树旁，说："方便树，我需要几根葱。"

方便树上立刻长出了几根葱，还笑眯眯地说："主人，谢谢你平常对我的关心，我把最美味的葱送给你。"

蒜儿掐了几根葱，切成了小段。

"真是太方便了！"皮卡丁说，"这样，人们就可以偷懒了。"

"哈哈，不是这样的！"蒜儿一边炒菜一边说，"平时，我们要用特殊的方法，对这棵树进行特殊的培育，还要经常跟树说话，跟树谈心，把快乐和小树分享……这样，小树才会把你想要的食物给你。"

"跟树谈心？我还是第

一次听说呢。"皮卡丁说。

"就好了。"蒜儿姑娘一本正经地说。

"皮,吃吧!可香咧!"蒜儿把炒好的豆腐盛在两个盘子里,递了一盘给皮卡丁。

皮卡丁端着,却不敢吃,他不相信这是可以吃的。

"怎么不吃?"蒜儿姑娘问。

"我在想……"

"哎呀,你怕什么呀!我们方便王国里的'葱炒豆腐'都是这样做的,味道可是全世界第一,好吃又方便,不信你尝尝。"

皮卡丁觉得不吃对不起蒜儿姑娘的那份热情,他小心地尝了一块,"嗯,真是又香又方便……"

真倒霉

“皮，我得上学去了，你呢？”吃过早饭，蒜儿姑娘对皮卡丁说。

“我留在这儿给你看家吧！”皮卡丁觉得这儿挺好的，便希望住在这儿。

“哈……”蒜儿姑娘笑了，“我说皮呀，如果我的房子需要一个人来守着的话，我们这儿就不叫方便王国了。”

说完，蒜儿姑娘拉上房门，像收渔网一样拉了几下，红房子就变成了红色的泡泡糖。

皮卡丁也学着蒜儿姑娘的样子，把自己的黄房子也收成了一个黄色的泡泡糖。

"我也和你一起去上学吧，我一个人也不好玩。"皮卡丁说。

皮卡丁和蒜儿姑娘一起到了学校。教室里很安静，同学们都在写字。皮卡丁坐在一个空位置上，蒜儿姑娘给了他一支铅笔和几张纸，说："你自己写点什么吧。"

"写点什么呢？"皮卡丁问自己。

"对，给爸爸妈妈写封信，他们一定想我了。"

亲爱的爸爸、妈妈：

你们好！

我的那只小猫还好吗？我已经到了方变（便）王国……

皮卡丁发现把"便"字写成"变"字了，可是没有橡皮擦，他便拉拉旁边一个

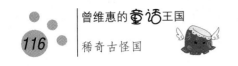

同学的衣服说："能借你的橡皮擦用用吗？"

"什么？你没有鼻子吗？"那个同学头也不回地说。

"鼻子？我要的是橡皮擦而不是鼻子呀！"皮卡丁以为别人没听清楚。

"神经病！"那个同学抬起头来，白了皮卡丁一眼，便不说话了。

没办法，皮卡丁只好向蒜儿姑娘借。蒜儿姑娘听说皮卡丁要橡皮擦，捂住嘴，忍住笑，她用食指在皮卡丁写错的地方一摸，啊！奇怪，那个写错的字顿时就消失了。

"手指能当橡皮擦！"皮卡丁对自己说，"这方便王国里的怪事可真多。"

皮卡丁也试着用自己的食指去擦纸上的字，可是，不管他怎样用力，甚至把纸弄破了一个洞，还是没有把字擦掉。

"唉，我到底不是方便王国里的人啊！"皮卡丁叹息着。

一会儿，皮卡丁的铅笔芯写短了，无法再写，需要削笔刀。这次，皮卡丁不敢像刚才一样向别人借削笔刀了。皮卡丁想问蒜儿姑娘该怎么办，可又怕蒜儿再笑话他，只好坐着看别人是怎么做的。

一会儿，皮卡丁惊奇地发现，旁边有一个同学，用一张硬纸卷成一个小圆筒，把铅笔放进去，转了几圈后，再把笔取了出来，居然从纸筒里倒出一些花瓣似的木屑来。

"嘿！纸筒就是削笔刀！"皮卡丁也用硬纸卷了一个圆筒，把铅笔放进去，转了几圈，取出来一看，铅笔还是老样子，更不用说能从纸筒里倒出木屑来。皮卡丁无可奈何，只好坐着看别人写。

"这方便王国里的方便，只是给他们的，我还是一副倒霉样儿。"皮卡丁自言自语。

女巫和方便鞋

　　好不容易等到放学，皮卡丁和蒜儿姑娘回到了泡泡糖吹的房子里，皮卡丁一声不吭，像是生气了。

　　"皮，你在生谁的气呀？"蒜儿姑娘关心地问。

　　"方便，什么方便？方便全是给你们的！"皮卡丁气愤地说，"你说，我得到了什么方便？我借橡皮擦，别人说我神经病，连你也笑话我。别人能用硬纸做削笔刀，我却不能！"

　　"能怪谁呢？你本来就不是我们方便王国里的人嘛。"蒜儿姑娘说。

"算了算了，在这儿，你们越方便，我就越倒霉！你可以从树上摘东西做'葱炒豆腐'，而我呢？"皮卡丁越说越激动。

"天哪，皮，你看你现在是什么样子！"蒜儿姑娘睁大眼睛看着皮卡丁。

皮卡丁这才觉得自己不该生蒜儿姑娘的气。"其实，她对我挺好的。"皮卡丁对自己说。

"皮，你想要和我们一样方便吗？也挺方便的，你可以到我们国王那儿去，叫他给你一瓶方

便汽水喝，那样你就会感到干什么都方便了。"蒜儿姑娘认真地说。

"真的？那我找国王去！"皮卡丁听蒜儿姑娘说有这样方便的事，简直欣喜万分，一溜烟跑了。

在一片茂密的林子里，皮卡丁迷路了。

"我到哪儿去找国王呢？"皮卡丁后悔了，"我真不该这样冒失地离开蒜儿姑娘跑出来，现在我该怎么办呢？"

皮卡丁在林子里钻来钻去找出路。忽然，什么东西把他的头碰了一下。他抬头一看，树枝上挂着一双漂亮的鞋。

"自从我的鞋变成飞船后，我已经很久没有穿鞋了。"皮卡丁便把那双漂亮的鞋取下来，穿在脚上，走了几步，"咦，怎么走起来这样轻快，似乎有要飞起来的感觉。"皮卡丁高兴极了，"难道这方便王国里的鞋，穿起来走路也方便吗？"

"臭小子，快把鞋还给我！"正当皮卡丁在林子里欢蹦乱跳的时候，有人抓住了他。

皮卡丁回头一看，吓

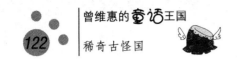

得双手捂住眼睛——"那张脸不知有多脏，那双三角眼，那张又大又黑的嘴巴，那只又歪又长的鼻子，那又脏又乱的头发……"皮卡丁对自己说，"一定是碰上这林子里的女巫了。我不能害怕，要不她会吃了我的。"

皮卡丁壮着胆子问："谁拿了你的鞋了？快放开我，我要见国王去！"他以为女巫怕国王呢。

"不识好歹的东西，简直吃了豹子胆了，偷了我的方便鞋，还想抵赖！快给我脱下鞋，不然我吃了你。"女巫恶狠狠地说。

"什么？方便鞋？"

太倒霉了

　　"方便鞋在我的脚上，我才不给她呢！"皮卡丁的大眼睛飞快地转动着，"有了方便鞋，我一定能跑得比女巫快。对，逃了再说，反正我把鞋给了她，她还是会吃我的。"

　　皮卡丁一下子挣脱女巫，拔腿就跑。皮卡丁觉得自己跑得比汽车还快，回头一看，女巫被落下了一大截。

　　皮卡丁跑得太快了，前面有一块碑，他来不及避让，一下子撞了上去。这一撞可不得了啦，皮卡

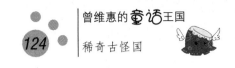

丁被撞得滚进草丛中。

"刚才明明看见的是草丛，现在怎么就变成树林了?!"皮卡丁仔细一看，原来是自己的身子变小了，连方便鞋也跟着变小，小草当然就变成大树了。"一定是那块碑把我弄小的。"

"这该死的混小子跑到哪儿去了？怎么一眨眼就不见了呢？"女巫到处寻找。好险啊！女巫已经走到皮卡丁身边，差点就踩到了他，幸亏他太小，才没被她发现。

"一定是穿着我的方便鞋到国王那儿去了，我得去找他。"女巫气愤地说。

"我正不知道国王住在哪儿呢，就让她带我到国王那儿去吧。"于是，皮卡丁紧紧拉住女巫的裤管。

女巫走路像一阵风似

的，一会儿就到了王宫。

"我要见国王！"女巫气势汹汹地说。

"我们国王不见有邪气的东西。"侍卫们用长枪拦住女巫。

趁他们说话的当儿，皮卡丁一溜烟溜进了王宫。他太小，又穿着方便鞋，所以侍卫根本没有看见他。

皮卡丁穿过八十八条走廊，拐过九十九个弯，才到了国王居住的地方。国王正在和一只九尾狐喝酒。

"尊敬的国王啊，您喝得差不多了，喝瓶方便汽水解解渴吧！"九尾狐讨好地说。

"不要了，我要睡觉了。"国王摆摆手说，"狐啊，你千万千万要保管好那些方便汽水。"

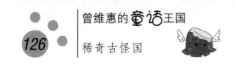

"是，我这就去看看！"

狡猾的九尾狐走了。皮卡丁紧跟在他身后，"这下，我一定有办法喝到方便汽水了。"

九尾狐走到一扇大铁门前，把手伸进锁孔里转了半圈，门"嘎吱"一声开了。里面有好多方便汽水。皮卡丁着急了，他想："我这么小，能喝下这么大一瓶汽水吗？"在小小的皮卡丁眼里，高大的汽水瓶，简直就是一座高耸着的玻璃塔。

我亲爱的国王啊，

你已经醉昏头了，

我要再喝一瓶方便汽水，

让自己变得更方便更伟大。

明日你查我的账目，

我就说是你喝了。

九尾狐唱着歌，打开了一瓶汽水。

"狐，国王有令，命你立刻过去！"九尾狐刚喝了一口汽水，见有人传令来，便放下汽水，走了。

皮卡丁的方便鞋又派上用场了。他"噔、噔、噔"

地几步就登上了瓶口。可是，汽水被九尾狐喝了一口，他怎么也够不着，便使劲儿往下钻，不料，"咚"的一声，栽进瓶里去了。

更让皮卡丁想不到的是：他一掉进去瓶里，身子就一个劲儿地长大，皮卡丁还没来得及把头和脚调换位置，就长得已经充满了整个汽水瓶：头顶着瓶底，脚蹬着瓶口。

"我一定会被淹死的。"皮卡丁对自己说，"早知道会这样，就不该离开蒜儿来找国王……蒜儿，你知道吗？我再也见不到你了……为什么要撞着那该死的碑，让我变小？要不，怎么会掉进这瓶子里？什么方便王国，比倒霉王国还倒霉！"

总算方便了

"嘎吱——"，门开了，是九尾狐回来了。

"我就知道那国王醉昏了，明明没喝汽水，也说喝了，还叫我去看他是不是变得更方便了。"九尾狐边走边说。

九尾狐拿起汽水瓶正想喝，看见瓶子里的皮卡丁，怔住了：

"这人一定是国王派来监视我的。"九尾狐一向自作聪明，这次他又多疑了。"完了，有人知道了我的秘密。他连浸在水里也淹不死，肯定有一身好本领，我得稳住他，叫他别告诉国王。"

于是，九尾狐毕恭毕敬地说："尊敬的小大人，只要您别把我偷喝汽水的事告诉国王，我什么都依你。"

"狐狸呀，你真是聪明过头了。"皮卡丁暗自好笑，但转念一想，"我得叫他把我从瓶子里弄出来再说。"

"好个大胆刁狐，你可知道，你已犯下欺君之罪！"皮卡丁想先给九尾狐一个下马威，"我是国王派来的密探，已跟踪你多日了。"

"哦，高贵的密探先生，只要你放过我这一次，我可以把我的宝贝'神方'给你。"九尾狐果然被蒙住了。

"你的宝贝'神方'真有那么大的本事吗？"皮卡丁将计就计，"那你表演一次，要把这瓶子弄碎，但不能伤害我半根毫毛，并且要把我变回原来的模样。"

九尾狐做贼心虚，来不及细想皮卡丁的话，便

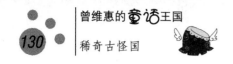

拿出指头般大的"神方"念道：

方神，方神，

碎瓶，碎瓶，

不伤人，不伤人，

让他变回原形，

让他变回原形。

一眨眼间，瓶儿碎了，皮卡丁出来了，变回了原来的样子。

皮卡丁两手叉腰，做出一副威风凛凛的样子，说："把'神方'放进我的口袋里，要不，我一念咒语，你就得完蛋！"

九尾狐战战兢兢地把"神方"放进了皮卡丁的口袋里，并结结巴巴地说："别……别念，饶……饶了……我吧。"

皮卡丁马上拿出"神方"念道：

方神，方神，

绑狐，绑狐。

话音刚落，一条又粗又长的绳子，一圈又一圈地把九尾狐绑得结结实实。

　　"你……"九尾狐知道上当了，气得说不出话来。

　　"告诉你吧，我并不是什么密探。我是专程来喝方便汽水的。你在这儿等着国王来收拾你吧！"皮卡丁说完，喝了几瓶方便汽水，打着嗝，朝九尾狐扮了个鬼脸，走了。

　　皮卡丁穿着方便鞋，又有"神方"，不费吹灰之力，便出了王宫。

　　"唉，总算方便了！"皮卡丁长长地舒了一口气。

永远不停下来

　　"现在，我有了方便鞋和'神方'，又喝了几瓶方便汽水，干什么都会比别人方便了。"皮卡丁对自己说，"我得去找蒜儿姑娘，在我无依无靠的时候，她给过我方便：给我房子，请我吃饭……对，我得找到她，报答她。"

　　皮卡丁又开始赶路了。

　　"好哇，臭小子，我终于找到你了，还我方便鞋。"冷不防，皮卡丁让女巫给碰上了。

　　皮卡丁已不像当初那样害怕女巫了，他想整治一下这害人的东西。

"喂，鬼东西！我们来比赛，由赢的一方处置另一方，怎么样？你敢吗？"

"不能比赛跑，因为我的方便鞋在你的脚上。"女巫以为，除了赛跑外，她什么都能赢皮卡丁。

"那我们比长高。"皮卡丁说。

只见女巫双手举过头顶，口里念道：

巫神助我长高，

巫神助我长高，

晚上我用人肉供你……

女巫慢慢地长高了。

皮卡丁拿出"神方"，默念：

方神，方神，

让我长高，让我长高，

摸着星星，摸着月亮，

让女巫长到我的胸口。

皮卡丁一下子就能摸到星星和月亮了。女巫呢？只长到皮卡丁的胸口，无论她怎么念咒语，就

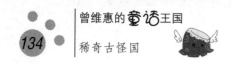

是不见长高。女巫见势不好，转身便跑，想溜之大吉。

皮卡丁又念：

方神，方神，

让她跑个不停，

永远跑个不停。

从今以后，方便王国要多一个整天不停地跑的疯子了。皮卡丁认为，这样惩罚作恶多端的女巫，才够意思。

我又将飞向哪儿呢

皮卡丁很方便地找到了蒜儿姑娘读书的教室。

皮卡丁隔着玻璃窗，看见蒜儿姑娘正在写一首题目为《想念》的诗：

皮来了，我真快活，

皮走了，我好伤心。

我多么想念皮呀，

你什么时候回来？

我再给你做"葱炒豆腐"，

我再给你吹黄色的房子……

"蒜儿姑娘真好，我得送点礼物给她，让她高兴高兴。"皮卡丁想了一会儿，"就送一对漂亮的蝴蝶结给她吧！"

皮卡丁用"神方"得到了一对蝴蝶结——在阳光下闪闪发光的蝴蝶结。

放学了，蒜儿姑娘背着书包出来了。

"蒜儿姑娘，我回来了。"皮卡丁向她招手。

"哦，皮，真的是你吗？这不是梦吧？"蒜儿姑娘有些不相信这是真的。

"不是梦，是真的。我真的回来了。"皮卡丁说。

"皮，我还以为再也见不到你了呢。"蒜儿姑娘的眼眶湿润了，"走，回去，我给你做'葱炒豆腐'吃！"

"蒜儿姑娘，你看，这是什么？"皮卡丁拿出那对漂亮的蝴蝶结递给蒜儿，"这是送给你的。"

"多漂亮的蝴蝶结呀！真的是送给我的吗？"蒜儿捧着它，像捧着一件十分珍贵的礼物。

皮卡丁和蒜儿姑娘高高兴兴地回了家。皮卡丁用"神方"给蒜儿造了一幢漂亮的房子，又做了香喷喷的红烧排骨……

"皮，现在你应该是方便王国里最方便的人了。"蒜儿姑娘拍着手说。

晚上，皮卡丁睡觉时，他怕老鼠或其他什么东西把"神方"偷走，因为"神方"有一种特殊的香味，便把它衔在口里，进入了甜甜的梦乡。

梦中，皮卡丁觉得口里的"神方"化了，很甜，比以前吃过的任何一种糖都要甜……神方化了，皮卡丁觉得自己慢慢地飘出了小屋，向空中飘去……

"皮，你又要到哪儿去呢？皮，回来——"蒜儿姑娘的喊声惊醒了皮卡丁。他睁开眼睛一看，自己已经离开了房子，慢慢地，越飞越高……

"我怎么真的飞起来了？我要飞向哪里？——

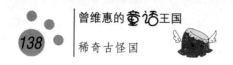

蒜儿，救救我……"

渐渐地，皮卡丁看不见蒜儿姑娘了。皮卡丁又想起了蒜儿作的诗：

皮来了，我真快活，

皮走了，我好伤心。

我多么想念皮呀，

你什么时候回来？

我再给你做"葱炒豆腐"，

我再给你吹黄色的房子……

"我又将飞向哪儿呢？"皮卡丁想着。

第五篇　马虎王国

祝你马马虎虎

　　当皮卡丁醒来的时候，发现自己被挂在一棵大树的枝丫上。往下一看："哇！起码有十几米高，怎么下去呢？"

　　皮卡丁正想着该怎样下去，忽然，什么东西黑压压地向这边飞来，还没等皮卡丁看清楚是什么，就被钩住，也跟着飞了起来。皮卡丁仔细一看：天哪，不得了了，被一只大老鹰用爪子抓住了！

　　皮卡丁无可奈何地闭上了眼睛："这下子一定

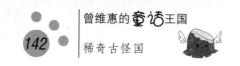

完蛋了，这么凶恶的老鹰，这么厉害的爪子……小小的我，简直成了一只小鸡……我该怎么办呢？"

可是，皮卡丁又不甘心就这样完蛋。他想：我不能灭自己的志气，长他人的威风。于是，皮卡丁扯开嗓门喊："喂，死老鹰，丢……"

还没喊出"下"字，皮卡丁突然闭上了嘴巴，心想：千万别喊"丢下我"，要是它果真丢下了我，这么高掉下去，我还能活命？

"亲爱的鹰先生，请问你要带我到哪里去？"皮卡丁变得礼貌起来，他想：这样，老鹰起码会对我客气一些。

"哦？我怎么不知不觉地把你给带来了？真是马虎！"老鹰放慢飞行速度，在一块空地上停了下来，他放下皮卡丁，临走时丢下一句："祝你马马虎虎！"

"怎么会祝我马马虎虎呢？我说老鹰才叫马虎，还说是不小心呢，抓着这么一个大活人也不知道。"

竹篮里的蛇

小小姑娘，

清早起床，

提着竹篮，

上山岗。

正当皮卡丁坐在草地上不知该往哪儿去的时候，从不远处传来了清脆的歌声，一只小白兔挎着小竹篮朝这边走来了。

"这样美丽的小白兔，也难怪有如此好听的歌

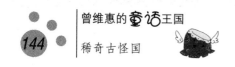
声。"皮卡丁觉得应该和小白兔交个朋友，于是就迎了上去。

"兔小姐，您好！我能与您同行吗？"

"哦？你是谁？我怎么不认识你呀？"小白兔惊讶而温柔地说。

"我叫皮卡丁，是被一只老鹰不小心抓来丢到这儿的。"

"鹰先生常常马马虎虎地把别人抓着带走。哦，皮大哥，您吃早饭了吗？"真是好心肠的小白兔。

"我……我不……不饿。"

"还骗人呢，对自己的肚子，别太马虎了，会饿坏身体的。我的篮子里有几根红萝卜，送给您做早餐吧！"小白兔说着就把竹篮递给了皮卡丁。

皮卡丁迫不及待地接过竹篮，揭开盖在上面的花布，却"哎呀"一声，把竹篮摔出老远。

"皮大哥，您怎么了？怎么把竹篮扔了呢？"小白兔说。

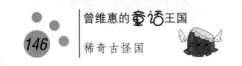

"篮子里有……有……有蛇！"皮卡丁费了好大的劲才说出来。

这时，一条大花蛇对着他们鼓着圆圆的眼睛，吐着红红的舌头。皮卡丁害怕极了，抱起还没回过神来的小白兔，撒腿就跑。跑哇跑，不知跑了多远，才停下来喘气。

"谢谢您，皮大哥。要不是遇上您，我会被蛇咬伤的。"小白兔的眼里闪着感激的泪花。

"兔小姐，您怎么这样不小心呢？连竹篮里提了一条蛇也不知道。"

"是啊，出门前我怎么就没认真地检查一下竹篮呢。我们马虎王国里的人就这么马虎，常常马马虎虎地做许多自己不愿做的事。"小白兔说起来有些伤感。

"马虎王国？我到了马虎王国？"皮卡丁还真有点不信呢。

森林晚会

　　小白兔的家非常漂亮。这是一幢用各种各样美丽的蘑菇砌成的房子，里面有花蘑菇做的桌子、白蘑菇做的碗、红蘑菇做的花瓶里插着漂亮的野花……

　　"皮大哥，今晚有个森林晚会，我们一起去参加，好不好？"小白兔把一罐醇香的蘑菇酒和几只精美的蘑菇酒杯装进篮子里。

　　"当然去啰！"皮卡丁认为，森林晚会一定很热闹。

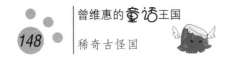

果然不假：

森林晚会真热闹，

猩猩猴子在打灶，

长鼻大象来挑水，

喜鹊画眉把柴找。

小白兔送来蘑菇酒，

大奶牛扛来牛奶油，

……

可是，喜鹊找来的柴禾是湿的，加上画眉带来的火柴盒是空的，当然就没法点火了。猩猩猴子打的灶，把锅放上去，刚盛上水，灶就塌了……

"怎么这样马虎？"皮卡丁有些生气了，"本该热热闹闹的晚会，还没开始，就搞得一团糟。"

"看来，煮东西吃是不可能了，那么，就请大伙儿一块儿来尝尝我酿的蘑菇酒吧！"

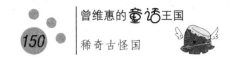

小白兔举着竹篮对大家说。

"好吧！总比马马虎虎地把晚会结束了好。"长鼻子大象说。

小白兔把酒杯一一摆开。这些蘑菇做的酒杯真漂亮，一个个跟灯笼似的：红的，白的，花的……小白兔挨个儿往杯中倒酒。

伙伴们可高兴了，大家七嘴八舌：

"多么精致的酒杯。"

"多么香浓的美酒。"

"多么能干的兔姑娘。"

……

"伙伴们，干杯！"大家高兴地端起酒杯准备干杯，可一下子都惊呆了：

"明明看着倒满杯的酒，怎么会没有了呢？"

"怎么酒杯会是空空的？"

"哎呀！大家快看，这杯底有好些小眼儿呢！"皮卡丁发现了问题。

果然没错，每只蘑菇杯底都有些小眼儿。

"小白兔怎么这样马虎呢？"

"可惜了这罐蘑菇酒哟！"

……

伙伴们都为浪费了美酒感到十分惋惜。

"我怎么这样马虎呢？连蘑菇杯底有小眼儿也不知道。"小白兔伤心地哭了，"这可是我一年的劳动成果啊。"

"兔小姐，别伤心，我这儿还有香喷喷的牛奶油招待大伙儿呢！"奶牛婆婆把牛奶油罐顶在头上。

"没有杯子，我们该怎样喝呢？"猴子搔搔脑袋。

"我看，就挨个儿一人喝几口吧，免得又遇到漏油的杯子。"皮卡丁还真想尝尝香喷喷的牛奶油呢。

大伙都同意皮卡丁的说法。

可是，当奶牛婆婆打开盖子后，

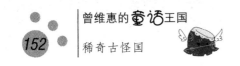

大伙又失望了。原来，罐子里空荡荡的，什么也没有。

"糟了，我太马虎了，拿错了罐子，真是对不起大家。"奶牛婆婆感到很不好意思。

"唉！真是马虎王国！"皮卡丁有些讨厌这马虎王国里的马虎，虽然自己平时做事也有些马虎。

森林晚会就这样马马虎虎地结束了。

树叶的秘密

皮卡丁虽然睡在小白兔送给他的舒适的蘑菇床上，可是，他怎么也睡不着。"这马虎王国里的人也真够马虎的，马马虎虎地做些事，真让人感到不好理解。"其实，皮卡丁以前也是一个学习马虎、做事马虎的孩子，现在，他也不喜欢别人马虎了。

"反正睡不着，倒不如出去走走。"皮卡丁想着想着，便走出了小白兔的蘑菇屋。

"喂，红树叶，你睡着了吗？"

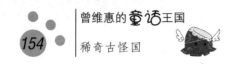
什么声音？把皮卡丁惊得差点儿跳起来。

"哦，是蓝树叶吗？我没有睡着，什么事？"

原来是两片树叶在说话。皮卡丁仔细一看，"咦？怎么了？白天全是绿树叶，一到晚上，怎么就变成了许许多多红树叶和蓝树叶了？刚才说话的又是哪两片呢？"

"喂，红树叶，你不觉得马虎王国里的人们，简直马虎得令人伤心吗？"说话的肯定是蓝树叶了。

"是啊，马马虎虎总归不是一件好事情。都怪

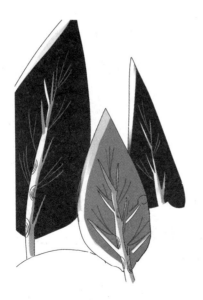

那可恶的女妖，念什么'马虎'咒，才给人们带来这许多的不愉快。"肯定是红树叶在说话。

"原来是女妖的'马虎'咒语在作怪。"皮卡丁心里想，嘴里却不敢说，他怕惊动了树叶们的谈话。

"我们偏偏又只能在晚上出现，如果我们能在白天出现，让马虎王国的人们知道我们身上的秘密就好了。"蓝树叶说。

　　"秘密?! 树叶身上有秘密? 我得摘片树叶下来看看。"皮卡丁急忙伸手去摘树叶，可是，他的手刚碰到蓝树叶——变了! 蓝树叶变成了绿树叶，再看看四周，所有的蓝树叶和红树叶都变成了绿树叶，也听不见树叶的对话了。

　　树叶的秘密究竟是什么呢?

荡秋千的树皮小人儿

　　皮卡丁没有摘到蓝树叶，没有得到树叶身上的秘密，他准备回小白兔的蘑菇屋，却迷路了。皮卡丁在林子里找呀找呀，怎么也找不到小白兔的蘑菇屋。找累了，他只好躺在一棵大树下，进入了梦乡。

　　小草醒来了，腮边挂着幸福的泪珠儿。

　　野花醒来了，散发着迷人的芬芳。

　　太阳公公醒来了，把无限的温暖带给了大地……

　　皮卡丁也醒来了。"去摘几个野果当早饭吃吧。"

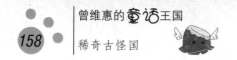
他伸了伸懒腰。

马虎王国真马虎，

马虎王国怪事多。

树叶身上有秘密，

消灭女妖坏咒语。

正当皮卡丁吃着香甜的野果的时候，从不远处传来了歌声。

"难道唱歌的人知道树叶的秘密？"皮卡丁便随着声音找去。

找到了！原来是一个树皮做的小人儿，正在悠闲地荡着秋千呢！

"喂，树皮小人儿，你知道树叶的秘密吗？"皮卡丁冲着树皮小人儿喊。

"你是哪儿来的东西，这么不懂礼貌！我可不是'小人儿'，我叫树皮格，你叫什么？"树皮小人儿仍不停地荡着秋千。

"树皮格，我叫皮卡丁。你知道树叶的秘密是什么吗？"皮卡丁急于想知道树叶的秘密。

"你先把我救下来再说吧。"

"救你？你不是荡秋千荡得舒舒服服的吗？"皮卡丁感到很奇怪。

"一点儿也不舒服！我在这儿已经荡了五百年了，就是没有人发现我，我闷得慌呢！"树皮格还是不停地荡呀荡。

"既然你闷得慌，就停下来歇会儿呗！"

"我要是能停下来就好了，唉！都怪我太马虎了。"树皮格叹了口气。

"马虎？你是因为马虎才这样荡个不停的吗？"

"是啊！在我们马虎王国里，常常马马虎虎地出现许多怪事，其实，这都是女妖在作怪。"

"对了，昨晚，我也听到红树叶与蓝树叶的

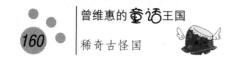

对话，说是因为女妖的'马虎'咒语在作怪，才让人们变得马马虎虎的。"皮卡丁说。

"你也看见红树叶和蓝树叶了？你碰过它们没有？"树皮格认真地问皮卡丁，他似乎已经忘了要让皮卡丁救他下来。

"我刚碰到蓝树叶，它们就全都变成绿树叶了。"

"天哪！幸好你碰的是蓝树叶，要是你碰的是红树叶，你就和我有同样的下场了。我真为你高兴。"

"那我怎样才能救你下来呢？"皮卡丁也很想救下可怜的树皮格。

"你从我右边这棵树起，一直往前面走，见到有一棵开着红蓝两种花的大树，你就在那儿等到晚上，会有一只小松鼠来那儿吹笛子，他会告诉你救我的办法。记住，千万要小心，别马马虎虎的。"

吹笛子的小松鼠

当月亮还高高地挂在树梢上，看着一切都睡着了的时候，树林里又多了些红树叶和蓝树叶。皮卡丁非常小心，他怕碰到了红树叶。虽然荡秋千很有意思，可是像树皮格那样，一荡就是五百年或更久的话，皮卡丁宁愿一辈子也不荡秋千。

皮卡丁在开着红色花和蓝色花的大树下，耐心地等待着吹笛子的小松鼠。

不一会儿，一阵悠扬的笛声从树上传下来。皮卡丁急忙大声喊："吹笛子的小松鼠，请你下来一

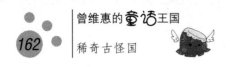
会儿，我有话对你说。"

"叫我下去？这么高的树，这么远的路！我这儿有这么美丽的花，这么香的树叶，我为什么要下去呢？"小松鼠的声音好听但又有些傲慢。

"是树皮格让我来找你的。"

"哦？树皮格？他自己为什么不来呢？"小松鼠似乎改变了口气。

"他因为碰到了红树叶，就一直在秋千上荡呀荡的，下不来了。他说，你有办法救他。"

"这么一点小事，也来烦我。好吧，看在树皮格的份儿上，送你两朵花吧！"小松鼠从树上丢下

一朵红花、一朵蓝花，还丢下两句话："左手红花，右手蓝花。以后别来烦我。"

"什么态度对我！有什么了不起的，不就给两朵花嘛，真是的！"

皮卡丁一边唠叨着，一边捡起两朵花，就是忘了小松鼠丢下的"左手红花，右手蓝花"这句话。

"喂，小松鼠，请你再说一遍，我该拿这两朵花怎么办？"皮卡丁又大喊起来。也许是小松鼠生气了，或者是小松鼠真的很骄傲，他没有回答皮卡丁。

"我怎么也变得马虎起来了？连小松鼠的话也没记清楚。"

皮卡丁把两朵花拿到鼻子边，闻了闻："嗯，真香，真……"皮卡丁的话还没说完，两朵花就从他的手中飞出来，一下子粘到了他的额头上，怎么也取不下来。

"哎，都怪自己太马虎，现在只有去找树皮格想办法了。"

皮卡丁小心地在树林里走着，身边的树叶发出"嘻嘻……"的笑声："看，马虎的男孩，额上开花了。"

DO RE MI FA SO

　　皮卡丁垂头丧气地来到树皮格荡秋千的地方，把事情的经过告诉了树皮格。

　　"叫你要小心，别马马虎虎的，现在好了，额头上开花了，连树叶也笑你呢。唉！都怪我连累了你。"树皮格感到很抱歉。

　　夜深了，正当皮卡丁还在伤心的时候，他额上的红花正好碰到一片红树叶，奇怪的事发生了：只听"哎哟"一声，树皮格从秋千上摔了下来，林子里所有的红树叶都"唰唰"地往下落，最后形成了

几个字："请念 do-re-mi-fa-so，招来女妖。"

"真是太好了！树皮格，我们把女妖招来，一定能解开'马虎'咒，让马虎王国的人不再马虎。"皮卡丁说。

"你招来女妖，不怕被她吃掉吗？得有降妖的方法才行呀！"树皮格有些担心地说。

"我想，到时会有办法的。"皮卡丁认为应该有点冒险精神，才是真正的男子汉。

于是，皮卡丁不顾一切地扯开嗓门猛喊："do-re-mi-fa-so，do-re-mi-fa-so……"

忽然，起了一阵大风，把树皮格吹得倒挂在树枝上，皮卡丁也差点被刮走。皮卡丁连忙把树皮格从树枝上取下来。

一阵狂风刮过，随即有

一股青烟在空中盘旋，慢慢地往下落，最后，一个浑身银灰色、披头散发、眼放绿光的女妖出现在皮卡丁和树皮格面前。

"哈哈哈哈……我还以为是谁在招我呢，原来是两个毛孩子。哈哈哈哈……"女妖放声大笑。这笑声让皮卡丁和树皮格听得毛骨悚然。

"可恶的女妖，你为什么要念'马虎'咒，让人们马马虎虎地生活呢？你这样做不会有好下场的！"皮卡丁嘴里虽然这么说，心里却着实害怕，谁都知道，女妖是会吃人的。

"臭小子，死到临头还嘴臭，看我一口吞了你！"女妖说着便向皮卡丁扑来。

SO FA MI RE DO

　　女妖扑向皮卡丁时，碰到了皮卡丁额上的两朵花，便慌慌张张地退了回去。

　　"小子，你哪来的这两朵花？"

　　"我额上的花从哪里来，不用你管，快把你的'马虎'咒语解掉。否则，我给你厉害看看！"皮卡丁一看女妖怕他额头上的花，便知道小松鼠送的花有驱妖除魔的功能，就大着胆子和女妖说话。

　　树皮格则在一旁冷静地思考着对付女妖的办法。

"只要你放我一条生路，我愿意解除'马虎'咒语。"女妖让步了。

"那好，如果你敢来半点虚假，我会让你死无葬身之地。"皮卡丁学着电视里英雄们的口气。

趁着女妖念咒语的当儿，树皮格爬到皮卡丁的肩上，拉着皮卡丁的耳朵，小声说："试一试你额上的蓝花，让它碰碰蓝树叶。"皮卡丁一想："对呀，刚才一定是红花碰着红树叶，现在可以试一试蓝花了。"于是，皮卡丁就用蓝花去碰蓝树叶，奇怪的事又发生了：

林子里的蓝树叶，都"唰唰"地往下落，最后形成几个字："请念 so-fa-mi-re-do，除掉女妖。"

皮卡丁不敢多想，闭上眼睛，马上念道："so-fa-mi-re-do, so-fa-mi-re-do……"不知念了多少遍，念累了，也

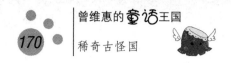
不敢停下来，因为他怕念的遍数少了，不能除掉女妖。直到树皮格扯着他的耳朵喊："别念了，女妖已经死了……"他才停了下来。

皮卡丁仔细地观察地上的树叶，只见红树叶上写着："用双色花树上的红花碰我，招来女妖。"蓝树叶上写着："用双色花树上的蓝花碰我，除掉女妖。"

原来，这就是树叶的秘密！

想念蘑菇屋

女妖死了，"马虎"咒语也解除了。

皮卡丁决定带着树皮格去找兔小姐，不再过马虎的生活。树皮格在皮卡丁的肩上高兴地跳来跳去。

"真是谢谢你，皮卡丁，要不是碰到你，我可能还在不停地荡秋千呢！"树皮格感激地说。

"我们都得感谢小松鼠，如果没有那两朵花，不但解不了'马虎'咒语，除不了女妖，女妖不知还要干多少坏事呢。"皮卡丁边走边说。

"对！不过，这两朵花在你额头上，怪逗人发

笑的。如果能把它们弄下来，就好了。"树皮格站在皮卡丁肩上，摸了摸红花和蓝花。

"唉！都是我自己马虎带来的苦果。都怪我当初不认真听小松鼠的话，马马虎虎地去捡那两朵花……"

"救命啊！救命啊……"

"谁在喊救命呢？"树皮格扯了扯皮卡丁的耳朵。

皮卡丁循着叫声望去："哎呀，是兔小姐！"只

见一只鹰抓住兔小姐，正要起飞。

皮卡丁急得直拍额头。这一拍，额上的两朵花不见了，老鹰也丢下小白兔，直奔皮卡丁而来……

这时，从远方传来一阵悠扬的笛声。笛声越来越近。

"一定是小松鼠来了！"树皮格在皮卡丁的肩上高兴得手舞足蹈，"终于找到大恩人了。"

小松鼠来了。他对鹰说："鹰大哥，皮卡丁出来旅游也有好些天了，他的亲人都非常想念他，你快送他回家吧。"

鹰大哥来到皮卡丁跟前："坐在我的背上，我马上带你回家。"

"是啊，我出来这么多天了，的确也该回家了。"皮卡丁对自己说，"我还应该回到学校，努力学习文化知识，出来走一遭，我明白了许多道理，更明白了学习知识的重要性。"

皮卡丁和小松鼠、树皮格、兔小姐一一道别后，便坐在鹰大哥的背上，鹰大哥驮着皮卡丁，慢慢地起飞了。

"我会非常想念你们的！"皮卡丁在空中喊。

兔小姐，我走了，谁还会去住你那漂亮的蘑菇屋？谁还会往你那漂亮的红蘑菇花瓶里插上美丽的野花？……

图书在版编目(CIP)数据

稀奇古怪国／曾维惠著 . － 福州：福建教育出版社，2016.5
（曾维惠的童话王国）
ISBN 978-7-5334-7069-2

Ⅰ.①稀… Ⅱ.①曾… Ⅲ.①童话－中国－当代
Ⅳ.①I287.7

中国版本图书馆 CIP 数据核字（2015）第 299203 号

XIQI GUGUAI GUO

稀奇古怪国

曾维惠　著

出版发行　海峡出版发行集团
　　　　　福建教育出版社
　　　　　（福州梦山路 27 号　邮编：350001　网址：www.fep.com.cn
　　　　　编辑部电话：010-62027445
　　　　　发行部电话：010-62024258 0591-87115073）
出 版 人　黄 旭
印　　刷　福州华彩印务有限公司
　　　　　（福州市福兴投资区后屿路 6 号　邮编：350014）
开　　本　890 毫米 ×1240 毫米　1/32
印　　张　5.625
字　　数　79 千
插　　页　3
版　　次　2016 年 5 月第 1 版　2016 年 5 月第 1 次印刷
书　　号　ISBN 978-7-5334-7069-2
定　　价　19.00 元

如发现本书印装质量问题，请向本社出版科（电话：0591-83726019）调换。